内心节奏

顾继东 著

上海文艺出版社

目　录
contents

黑色的花

思念 ································· 3
思念如风 ····························· 4
我是朝露 ····························· 5
命运之吻 ····························· 6
绝境的拯救 ··························· 7
昙花盛开 ····························· 8
无题 ································· 9
记忆的迷香 ··························· 10
学语 ································· 11
夜来香 ······························· 13
揭开迷云的布幔 ······················· 15
命运线 ······························· 16
颤栗 ································· 17
明天 ································· 18
你有一个约会 ························· 19
踩着高跷 ····························· 20
偶然 ································· 21
当我们年老的时候 ····················· 22
在词语的长廊里 ······················· 25

味道	26
你轻抚着我的忧郁	27
海滩·繁星·口哨	29
远离	30
没有渔竿的渔父	31
我一个人	32
云，只是云	34
我的生命，不会是同心圆	35
小雏菊	36
里面装着什么	37
流行的衣裳	39
我们行走在大地上	40
黑色的花	42
时光的绳索	43
世界的外衣	44
光柱中的尘埃	45

人生半月

为而不争	49
Freedom	50
春夜赏月于曲江	51
人生半月	52
傍晚的凝视	53
打开够得着的每个抽屉	54
股海	55
内心的鸡尾酒	56
骑着泥马	57

闪电过后…………………………………… *58*

生活的提挈…………………………………… *59*

盛宴…………………………………………… *60*

巡道街印象…………………………………… *62*

致友人………………………………………… *63*

钟摆…………………………………………… *66*

渐进的包列罗舞……………………………… *67*

渴望着点击…………………………………… *68*

你的心就是水晶球…………………………… *69*

你是谁？……………………………………… *70*

终南山的柿子红了…………………………… *72*

试图…………………………………………… *73*

如果生命像流云……………………………… *74*

思绪此刻，正是黄梅雨季…………………… *75*

兄弟，你在哪里？…………………………… *77*

小桥听雨……………………………………… *81*

品茗豫园……………………………………… *82*

思念先父……………………………………… *83*

木槿花淡……………………………………… *84*

高峰禅寺品茗………………………………… *85*

秋日与子游园………………………………… *86*

蠡湖秋意……………………………………… *87*

夜有感………………………………………… *88*

秋柳…………………………………………… *89*

迷情…………………………………………… *90*

入冬随笔……………………………………… *91*

冬雨探梅……………………………………… *92*

冬至感怀…………………………………… 93
春天里的落叶……………………………… 94
母亲的唠叨………………………………… 95
风中拍摄晨花有感………………………… 96
眉宇间的思念……………………………… 97
二上高峰禅寺……………………………… 100
灯影霓虹…………………………………… 101
浮生雀跃…………………………………… 102
中年读书偶得……………………………… 103
相遇………………………………………… 104
黄喉………………………………………… 105
洗澡………………………………………… 107
扬州行记…………………………………… 109
忆香江……………………………………… 110
暮行………………………………………… 111
雾霾中的上海……………………………… 112
游汪庄念师王政…………………………… 113
春日采荠…………………………………… 114
雨中………………………………………… 115
题玉兰……………………………………… 116
我们微信我们遗忘………………………… 117
又见黄喉…………………………………… 118
四月记雨…………………………………… 119
入夏之二…………………………………… 120
小满随感…………………………………… 121
舟行中流…………………………………… 123

内心节奏

静立如樱	*127*
如果你爱我	*128*
夜半	*129*
你要走	*130*
夜行的萨克	*131*
黑暗中你的回眸	*133*
在一个随手关门的情感世界	*134*
我们曾约定了一个地方	*135*
某一种遗憾	*137*
灵魂	*138*
想对你说的话	*140*
城市印象	*142*
不死之城——如果上帝也有眼泪	*144*
大海中的一只苍蝇	*145*
抄录的故事	*146*
玻璃瓶里的蝴蝶	*147*
致心目中的一个英雄	*148*
旷野	*151*
生命的影子	*154*
城堡	*155*
意义	*158*
水晶球上的足尖	*159*
没有翅膀的飞翔	*160*
我们知道了我们	*161*
因为你，世界已经变得稳定	*164*
我看见一道彩虹	*166*

你使我完整…………………………………… *167*
张望………………………………………… *168*
我们只是有些疲倦………………………… *169*
致一位朋友………………………………… *171*

黑色的花

思念

想爱不能爱
想爱不敢爱
筑起堤坝
拦截思念
思念将使心灵崩溃
心如止水
心如止水

2004年6月于常熟

思念如风

阳光投射进来
带着栏杆的阴影
蔚蓝的天空
黑色铁栏分割的脸

思念如风
只有思念如风
自由的风
跨越黑山黑水
跨越长江黄河
这来自北方的思念
可会邂逅南方的思念

在广漠的天宇
黄色的丝带飘动
没有电话
没有信函
只有思念如风

2004年8月于长春

我是朝露

我是朝露
我是浮萍
我是螳螂
也许是诱惑
也许是试探
也许是考验
什么也不能改变
我是一个人
一撇是思考
一捺是情感

我是朝露

命运之吻

在风和日丽的花园
你被蜜蜂吻了
在风雨如晦的旅途
你被毒蛇吻了
在张灯结彩的婚宴
亲吻你的不是美丽的新娘
是狰狞的命运

2004 年 7 月

绝境的拯救

在生不如死
求死不能的绝境
我突然希望
脑袋像西瓜一样脆裂
身体像柳枝一般嫩折

上帝问我
你一向自以为是的思想
难道像西瓜一样脆弱
你一贯引以为傲的情感
难道像柳枝一般夭折
于是,在深渊中
我拉着自己的头发往上

2004 年 7 月

昙花盛开

不要盘桓
悲哀和磨难
只是一扇门
推开它，就像
推开情人虚掩的门
于是，昙花盛开
开满了时间的每一个角落

2005 年 9 月

无题

长廊的尽头
是一面镜子
我走着
看见了自己的影
越近越清楚
死亡是一面镜子

记忆的迷香

记忆之瓶收集着迷香
时间却是不可靠的瓶盖
梦中的乞丐成了情感的国王
疯长的欲望如同野草
成为你寻找纯洁的羁绊

学语

序言：海德格尔曾经引语"词语如花"。

一

舌底生花
你却沉默不语
收拢着花蕊
知音为谁

二

我咀嚼着
你的絮语嘤咛
舌根溢香
溢香
还有我们的生命之杯
干杯
且饮下这
琥珀色的美酒和余晖
只是沉醉

在世界的混沌中
如同婴孩
并排的两个婴孩
牙牙学语

夜来香

序：每一个梦都是一朵黄色的夜来香，摇曳在梦乡，散发着迷人的芬芳。

一

埋头在灵魂的洞口
我呼吸着你万千幽柔
你提曳着蓝色的长裙
轻犁下记忆的沟痕
传递着诗和韵律
共同的颤栗中
我们燃烧，仿佛闪电

二

你说
我是一座山
你快乐得迷了路
我说
你是山神
我为你涌动所有的泉眼

绽吐所有的山花
供奉所有的山果
——知名还是不知名的"甜蜜"
——就像我们可以言说
或不可言说的美妙

三

青春的爱
是击鼓传花的等待
我们珍惜着初吻
仿佛可以掉了魂
仿佛是终生的誓盟

当羞涩的烛火燃尽
生活成了例行的问候
——饭吃过了没有
提着走马灯
我找不到什么
但又渴望着什么

揭开迷云的布幔

恋着人海中的倒影
岸边的水鸟
牵引着我的双眼
于是我寻找船和帆
想去遥远的彼岸
天空传来召唤
主揭开迷云的布幔
于是我带着羞赧
开始轻歌曼舞

2005年10月

命运线

没有你的发丝
没有你的相片
我只有举起右手
亲吻掌纹
你的命运线
双手合掌
让我们命运相印
所有的苦难和甜蜜

2005 年 10 月

颤栗

我的眼神
是落在波心的蜻蜓
你的矜持
是白色苹果花的颤栗
颤栗
也是我的魂魄
仿佛从山坡滚落
玎玲如乐
于是我们婆娑起舞

明天

我不踌躇
也不预卜
明天如何
该来的就来
我的理性不改
我的爱恋依然
猜忌的蜘蛛
裹不住爱的翅
无边的蔚蓝里
我们龙翔凤翥

你有一个约会

街边的橱窗使你驻足
让你目不转睛的
还有花枝招展的女孩
忘了么
街道的那一端
你有一个约会

踩着高跷

追寻着,塑造着
你雕塑着自己的灵魂
狂喜和从容
都是山峦的脊线

踩着高跷
我仰望着你
你的眼
如同智慧的海
一眨眼
却是无邪的孩
于是,我也笑了
心里没有了石头

躺在山坡
吹起笛子
让喜悦和精神
清脆地流淌

偶然

骑着萤火虫
找不到黑夜的出口
命运的偶然
是通往新世界的针孔
喜悦堆积在眉梢
你是一只迎风的纸鹞

当我们年老的时候

当我们年老的时候
让我抱着你
坐在窗台前
落日下的光影
如风吹过
在远方的汽笛声里
或者没有汽笛

我向你诉说起
今日里的那一丝酸楚:
也是落日的斜晖里
套着橘红的衣裳
我低头劳作
想着你,却望不到你
我会告诉你,
此一刻我想起:
深夜里,曾经隔窗相望
看到你,却搀不到你的手
看到你,却吻不到你的唇
搀不到你的手
我们的视线却紧紧相牵

吻不到你的唇
我们的灵魂却紧紧相粘

当我们年老的时候
让我抱着你
坐在窗台前
落日下的光影
如风吹过
如风吹过
还有我们的光阴
无关谦卑或者骄傲
我咬着你的耳根：
你是我永远的处子
温软而忠贞
你紧紧依靠着我
大爱如恩

当我们年老的时候
我搀着你
你扶着我
抖落所有的思想和负担
简洁宁静
简洁宁静
还有深秋里赤裸的树
我们一起走向永远的冬
白雪覆盖

没有寒冷
清净甜愉
天地浑一

在词语的长廊里

在词语的长廊里
你寻找着韵脚
如同女孩
精心配饰着衣裳
在思想的大树上
你掏着麻雀
小心啊
别翻了窠巢

味道

看着你的照片
听着你的声音
我贪婪地想着你的味道
终于,你寄来了
花香和书香
栀子花干的书签
还有划线和眉批
我深深地嗅着
那是你精神的芬芳
吹气如兰

你轻抚着我的忧郁
——听海菲斯的《流浪者之歌》

欢愉如醉
飞扬似雪

我只有时光的囹圄
却没有宇宙的寄寓
我们的唏嘘
借着柳絮飘飞

你轻抚着我的忧郁
那是掰开的橘瓣
我展开了的生命
不绝如缕的酸涩
如缕不绝的甜蜜
不要言语
它们不是金色的鱼
只是打漂的石头
你的目光
桃花如雨

我们的爱情

是自恋的水仙
飘举在黄色的月光下

海滩·繁星·口哨

我点击着你的世界
就像啄食的小鸟
你数着繁星,说
你要住到星星上去
然后,你凝视着我
"那颗星就是你的星眸"
我幸福地闭上眼睛
把你的魂儿留在里面

万籁中听到了鼓声
那是我们的心跳
我吹起了口哨
你轻轻地哼唱
低吟还有海涛
背景永远的大提琴

远离

肆意的霓虹
是街市的天梯
而你，带着我
骑上一头驴子
远离名利的磁场
去拾取天边的星星
和地上的麦子

没有渔竿的渔父

蓑衣下露出酒壶
没有渔竿的渔父
目光捕捉着什么
酥雨如雾
白鹭起舞
风动
芦苇动
目光中没有鱼漂
心不动

我一个人

一

觥筹交错人事斑斓
浮光潋滟名利蒸腾
凝视的眼睛
牵引不到你的余光
我一个人步出厅堂
喧哗的声浪渐行渐远
你银铃般的笑声
只是退潮时的浪花
我把最后的温情
那抹余红落在浪尖
不可采撷的笑靥

二

那是一座透明的电梯
我一个人
不知道按动哪个按钮
是上,还是下

在世界的视窗里
你的沉默
只能面对
是进还是出

三

一群流浪的男人
坐在弧形的台阶上
望着没有星的夜空
我一个人
唱起一首古老的歌
街角走来的是谁
消逝如同你的随思
淡入的却是一丝云

云，只是云

好久，没有感动
没有生命的眩晕
早早地学会
和落日一起静穆
云，只是云

我的生命，不会是同心圆

我是水中的浮萍
我是风中的转蓬
我没有家乡
你说要和我一起流浪
带着你，我走不远
你会让我温软，停步，犹豫
你会成为我的圆心
我的家

我的生命
不会是同心圆
只能是命运抛掷的
一条条弧线

小雏菊

朴素而喜悦
墙根下的黄雏菊
阳光里你笑容可掬
隔着铁栏向我问语
没有恐惧
没有叹息
我是你坚忍的伴侣
柔弱而淡定

里面装着什么

一只白色的塑料袋
在空中飘飞
鸟儿不认识你
你从哪一扇窗口飞出
从谁的手里挣脱
为了风的诱惑
蓝天里的飞翔

在空中飘飞
一只白色的塑料袋
里面装过什么？
孩子的玩具
爱人的巧克力
太太的小青菜
光荣和期待

一只白色的塑料袋
在空中飘飞
你不是自由的鸟儿
或者挂在树梢
或者跌入尘埃

伴随的还有那问语
"里面装着什么"

流行的衣裳

我是你双臂挽拢的恋人
闲逛在光阴的大街上
我是你永远流行的衣裳
因为爱情
我们忘了自恋
你的眼睛
是我最好的明镜

我们行走在大地上

我们行走在大地上
或者追随流水
但不跟从人流
或者追随白云
用想象的翅膀
行走在大地上
手拉着手
轮流背着人生的包袱
放着我们的情书
和你的漂亮衣裳

摘采一路的鲜花
插满你的发和衣裳
你是我的新嫁娘
永远花枝招展
我们背靠着背
在林间歇息
燃烧的斜阳
为我俩和白桦镀上金光

穿行黑夜的山路

天上的星星
地下的萤火虫
闪耀还有我们的眸子
行走在大地上
随意的目光落处
便是下一站的游历
只有我们的灵魂
才是恒久的家园

黑色的花

云和死尸
漂浮在空中
时间的碎屑
洒满了斗室
视线裁剪着
天空的边界
雾中的太阳
月一般惨淡
黑色的花
在河中溃烂

时光的绳索

戴着枷锁
裸着身体
走在时光的绳索上
脚下是青色的鬼火
心是倾斜的陀螺

不可以畏缩
你说

世界的外衣

新闻
让世界穿上时尚的外衣
通过梦和词语
我抚摸着世界的肌肤

光柱中的尘埃

踏着品牌的阶梯
听从广告的召唤
塑料花绽放在山巅
上帝的光投射过来
我们只是旋转的尘埃

人生半月

为而不争

炊烟淡暮云,
人影叠月轮。
应时或有为,
不争自从容。

2006 年 10 月

Freedom

Fly, and fly
the kite with the line
Flight is the expression of the kite.

High, and high
the kite and the line
Height is the length of the line.

Sigh, and sigh
the kite or the line
Sight is the boundary of the life.

FEB, 2006

小记：和大儿闯闯一起放风筝，有感。

春夜赏月于曲江

春光月光时时在,
唯有韶光难再续。
最忆双眸羞涩时,
桃花欲燃红烛滴。

人生半月

门前冷落电邮稀,唯有商家短信频。
一卷美文独自吟,几树红花老妻植。
常有稚子肩头骑,乖张大笑路人奇。
梦中也有沉郁事,日间偶有锁眉时。
女娲抟人本无意,荒原一掷各自活。
人生疏阔贵自然,可以闻达可以闲。
取舍在我身如烟,渺渺直上彩云间。
四十修为始半月,枝头斜挂尚待圆。

2009 年 4 月

傍晚的凝视

在黑夜和白日的交界
蓝色,纯粹而浓郁
宛如日出前的红霞
仿佛渐起的黑人灵歌
弥散着干红的单宁
生命的逆旅继续
蕴藉的希望
如同这蓝色

打开够得着的每个抽屉

打开够得着的每个抽屉
你寻找着玩具和童话
而我面对广袤的星宇
全然没有了好奇和咿呀
曾经是一张翠绿的桑叶
被欲望蚕食得只剩叶脉
当词语的脚手架撤去
光裸的岁月却不再丰盈

2009 年 9 月

小记：20 个月的行行打开够得着的每个抽屉。

股海

你无法寻求稳定
如同船不能在陆地上航行

巫师
在星星和龟裂中寻找世界的联结

经济学家
在曲线和模型里制造欲望的分解

大海水咸
不能取饮

内心的鸡尾酒

有,
因信上帝创造

无,
因证智慧无执

日用中的快乐
有和无的自由

2009 年 8 月 12 日

小记:对于基督教、佛学、儒学的一个个人体验的融合。

骑着泥马

骑着泥马
你挥鞭过河
搅动了一江的落日
云的楼阁开始坍塌

树杈上挂着钟表
也挂着酸葡萄
我们却凝神倾听
大地钟声

闪电过后

闪电过后
我等待着雷
你却再也没有了诺言

如此静寂
一个没有炊烟升起
没有羊群穿过的黄昏
云和山坡上的野花
涂满了唇膏和胭脂

你在哪里
我展开双臂
迎着流云和风
化作了山冈上的树

天空辽阔
千百条树梢舞动
依然无处可以触及

生活的提挈

　　　　提起哪个网节
　　　　才是你生活的中心
　　　　财富、名誉还是爱情

　　　　放下
　　　　河水从网眼里流过
　　　　许多故事就这样流逝

盛宴

盛宴,名利浮嚣
如同冬日的火锅
雪茄和着蒸气

莫名的殷勤
言语都挂上了气球
股票的消息
让耳朵都成了串烧

欲望在酒精中升腾
仿佛坐上了直通车
每个人都是人物
或者将要成为人物

混杂的情感
如同你的绒衣
吸纳百味
龌龊还是包容?

盛宴散场
发酵的梦想

只是一块油腻的抹布
　　生命可以说不

　　小记：生命可以说不，情感才有纯洁，理性才有理想。可以说不，生命何萧爽！

巡道街印象

红色的绒线球
滚动在弹格路上

几串女孩的笑声
消失在弄堂的尽头
袅袅发散的还有菜香

楼下的月季探出木栅
楼上的小孩也探出窗外
母亲怎么还不回来

致友人

一

阳光从云层里扩散
无须辨认
白墙是凝固的画面
铁栏是黑色的日历

二

还能偶尔一醉
触动的往事就像南瓜和青蛙
带你来到一个宫廷的舞会

窗户上的冰花
只有雪和黑夜才能保存

三

无意间你会松一下领口
那里却没有了"红领巾"

那些领带，
或者还残留着红酒的滴痕
躺在遥远的衣柜里

四

隔壁的祥林嫂
还在嘟哝着阿毛的名字
远处的阿Q
依然认真画着圆圈

那双扔掉的旧鞋
晚上却重新走到床边
哀怜着你双足的垂青

五

再也不用寻找意义
没有了压力的你
沉寂得可以听见霜的声音
落日的沉默
那些鸟不能牵动你的视线

六

阳光从云层里扩散
一个气球
带起了一只大象

是谁跨坐着
鼓吹着喇叭
无需辨认

钟摆

无须懊恼
骄傲与自卑
光荣与耻辱
都是钟摆的来回

此刻平躺在沙滩上
风也无可奈何
终于沙子湮没了一切
时间也是满嘴黄沙,无可呓语

谁还是谁啊
只有失眠者
还会听到历史的"嘀嗒"

渐进的包列罗舞

抚琴般的摩挲中
黑绸的身体开始飘摆
甩动的短发是向日葵的花瓣

那是渐进的包列罗舞曲
海潮层层漫过阶梯
铜管和鼓点终于高过弦乐
我们如同天空中啸行的利箭

你兴奋得掉下了眼泪
如同汩汩的温泉
我搂着你的背
两张惬意松弛的弓

渴望着点击

渴望着点击
欢会神契中的喜悦
众人视线里的舞蹈
蜘蛛网上的挣扎
生命得到了悬挂
在粘腻中等待死亡
挣脱了视线
你渴望萧爽
却在谦卑中孤独
一个撑着纸伞的泥人
在如雨滂沱的视线中

　　小记：思想渴望着点击，财富渴望着排名，我们需要一种公认，这是无法躲避的众人视线？我们应该得到谁的荣耀？

你的心就是水晶球

一个酒意熏蒸的午夜
记忆仿佛挂杯的红酒
流淌而黏滞

想起你爱的人
想起爱你的人
单宁的酸涩是夜的隽永

你的心就是水晶球
命运是你经历的延伸

泪流满面,情感
漫过青石板的台阶
漫向田野,漫向星空

你是谁?

你是谁?
站在浴室的镜子前

你是谁?
在爱人的瞳仁里

你是谁?
在中环,在南京路
在人海的倒影中

你是谁
在华尔街,陆家嘴
你走不出股市和地产的曲线

你是谁
在西安,南京
你的脚步重叠着古人的踪影

你是谁
在天山,峡谷
你试图留下人类探奇的新履

你是谁
在梦中喋喋不休地叙述
懊恼如草般茂盛
抑郁终年见不到阳光

你是谁?
黑夜里我惊坐而起
失去了谦卑和仁慈
我的手该抓取什么

你是谁?

终南山的柿子红了

终南山的柿子红了
江南的桂花香了
且归去

或随流水
或追行云
或者学步幼童

树
抖落所有的叶子
你
无所期待

　　小记：偶翻阅08年与友光伟在终南山多次行山的照片，甚感萧爽，避世无冈。

试图

母亲试图进入梦
进入灵魂
抚慰梦中哭泣的孩子

孩子伸着脚
试图踏入电视的画面
拥抱童话

我站在历史的河边
揣想着光荣与唏嘘
试图穿越

小记:大儿与小儿,幼时看电视,投入时都曾有跨步走进屏幕的试图。

如果生命像流云

如果生命像流云
那也挺好
没有感觉,没有感情

如果生命像流云
那也挺好
没有目的,没有目标

如果生命像流云
那也挺好
没有理由,没有理性

2010 年 6 月

思绪此刻,正是黄梅雨季

思绪此刻
正是黄梅雨季
点点滴滴
滴水穿石
却穿不透阴阳二界

回忆的雨滴
落在时间的河流里
惊起十里蛙鸣
今夜难眠

斜斜的细风
捕捉着荷叶滚珠
往事和笑容
活泼却不再完整

白雾茫茫,
蒹葭苍苍。
似是太息:
逝者如斯。

思绪此刻
正是黄梅雨季

2011 年 6 月 11 日

补记：陶玮兄,43 岁,大树方成,荫庇着儿子和爱人,还有年迈的双亲,仿佛当年他们庇护着孩子。不意,今春车祸,英年早逝。闻之,痛心纠结,久不能平。6 月某夜,窗外雨涟涟,床边爱人和孩子鼾声与池塘蛙鸣此起彼伏,再忆陶玮兄,为此短诗一首。五十步者"伤"百步,人生逆旅,大抵如此。一川烟草,满城风絮,梅子黄时雨。

兄弟,你在哪里?

序:2011年1月14日,与二附中几个兄弟姊妹夜酒,舒畅中说起同窗好友陶玮,二十年未联系,甚念。第二天,车行半途,陶玮的名字与旧事又冒出脑子。回到家,在Dennis Brain演绎的莫扎特音乐中,随手写下些碎语。也请二附中各位兄弟姊妹"人肉搜索"陶玮。

兄弟,你在哪里?

高考夏日的夜晚
我陪着喝酒,
你初尝人生挫败
物理的答卷上
打勾错代了涂圈

大一冬日的午后
你陪着等待,
我初涉情感微澜
情书的每个字
都是给力的心跳

那些春日,那些秋日

脱把踩着单车
啸声碾过田野
那些春日,那些秋日
凝望太阳升起
海涛涌动未来

分离了二十年,
兄弟,你在哪里?
你好么?

那些未来,
有的,已经来到
那些未来
有的,更加遥远

人生不相见,
动如参与商

分离了二十年,
兄弟,你在哪里?
你好么?

我的妻子,叫大蔚
是情人,也是兄弟
我有两个儿子
大男孩唇边有了"嫩芽"

而我们双鬓冒出了白发

你的孩子呢
是女儿,
就让他们结成娃娃亲
是男孩,
就让他们结拜成兄弟
就像我们当年
有肉同吃,有难同当

分离了二十年
兄弟,你在哪里?
你好么?

生活中的女孩
商场上的握手
仿佛旅行中的风景
都留在了后视镜里

人过四十
抖落欲望的繁叶
修剪分叉的枝条
留下情感与理想的主干

如同年少时那些个夏晚
浮想千百次邂逅的场景

我,此刻想象着
和你,和所有的兄弟
旅途相聚,我们拥抱
仰天大笑,挽肩同歌

渭北春天树
江东日暮云

2011年1月15日

小桥听雨
——晨练遇雨,感夏日落叶而赋

飞鸟急投林,
高蝉失聒噪。
举伞犹信步,
曲径落叶出。
四季有代谢,
人生时无常。
且作风荷立,
小桥听雨急。

2012 年 7 月 24 日

品茗豫园

——有中学同窗王峻自美而来,品茗于豫园,相谈甚欢

临窗绿波廊,
游人九曲桥。
池畔观游鱼,
楼上评美眉。
俯仰皆风景,
为有故人在。
惺惺复惜惜,
宛然少年时。

思念先父

大地秋虫唧唧
小儿鼻鼾微微
思念是蓝色的萤火虫
辉光勾勒夜空

大地秋虫唧唧
时空隧道传来
你巨大的喷嚏回音
我也打了一个喷嚏

你的亲情
让死亡也有了亲切
思念和流萤共舞
失去尖锐的夜空
如此细微,如此开阔

2012 年 9 月

小记:父亲生前打喷嚏巨响,母亲总是开玩笑说,"声惊四邻"。《诗经》有言:寤言不寐,愿言则嚏。今夜凉风如水,频嚏为何人?

木槿花淡

残荷老梗柳梢黄,
木槿花淡柿未红。
白云卷舒任秋风,
与君行乐共从容。

小记:七夕晨练,因感物华秋意,行吟而赠大蔚

高峰禅寺品茗

回廊拾阶行,禅房移步深。
隐隐雷声近,呼呼蒲扇勤。
大憨奉茶茗,一席中年人。
逆旅四五十,说来皆故事。
人生如竹梢,起伏但随风。
清姿在自己,安心有慧根。
出入借此喻,相扶贵兄弟。
刺刺忽雨急,缈缈群山失。

小记:夏日台风来临之际,与邢普、邢程等君去天目山德清的高峰禅寺,与大憨法师品茗,谈画谈佛谈人生,甚欢。后几日,又得薄小波君赐教鸠罗摩什《十喻诗》,所谓"十喻以喻空,空必待此喻"。所相皆空,空必借相,输赢由天,贵在姿态。出世入世间,所贵的当然还有兄弟间的情谊。

秋日与子游园

晓日淡松林,疏影浮青苔。
小儿喜幽径,探身采新菇。
忽见腐鸟尸,溃然卧草间。
稚子生怜悯,嘱我用土埋。
就枝拈花泥,依树掩残骸。
层林暗东西,花影不分明。
"恻恻泣路歧,哀哀悲素丝。"
惆怅情未毕,小儿忽已喜。
谓有不死药,或可令重生。
潮涨荷桥低,天高浮云轻。
携手父与子,气味当共知。

2012 年 9 月 15 日

蠡湖秋意

野凫踏绿藻

白鹭掠残阳

月出始觉凉

人影淡桂中

鸟鸣深蠡湖

蟹美邀街坊

客去惊犬吠

江灯入半窗

小记:10月长假归后思蠡湖而拟。

夜有感

妻子打鼾儿呼噜,
可怜老夫夜未眠。
月上中天清自减,
人过四十意渐懒。

2012 年 10 月 14 日

秋柳

不记绿绦撩春池
青丝三千客依依
却喜疏狂向长风
人生萧爽当此时

2012年10月17日

小记:李贽有句"若为追欢悦世人,空劳筋骨损精神。闲来寂寞无人谩,只有疏狂一老身。"

迷情

当我们相望,
是山与山的相逢,
当迷雾散去,我们戛然止步。

当我们相逢,
是云和云的相望,
当残阳下山,我们进入黑暗。

小记:另作古诗一首为趣。

迷情

与君相逢,如山相奔;雾散云霁,步履顿失。
与君相逢,如云相汇;红日坠山,弹指黑暗。

2012 年 10 月 27 日

入冬随笔

金枝玉叶立西风,
魄月沦精独明灭。
残荷老梗犹静默,
玉兰花苞已暗结。

2012 年 12 月 6 日

冬雨探梅

寻花问柳,老夫本性。
冬雨如雾,无碍我行。
路有伐木,绿芽尚萌,
哀彼新条,错依良人。
竹林幽径,惊鸟磔磔。
乍寒乍暖,初梅已绽。
花苞带雨,头香已闻。

2012 年 12 月 15 日

冬至感怀

已见新梅绽树枝，
不欲裸退是梧桐，
一叶一花各有季，
知命畏天化春泥。

2012 年 12 月 22 日

春天里的落叶

春天也有落叶
那是曾经迷醉的思想
原以为,自己的理性
终如秋日的大丽菊
丰腴而逻辑

在这新绿咿呀的季节
也有落叶满地
那是曾经迷醉的思想

2013 年 4 月 24 日

母亲的唠叨

母亲诉说着旧事
记忆在想象中闪曳
而我在内心数羊九十九

小儿在玩青龙刀
时光在想象中拉锯
千里单骑走了九百九十九

"爸爸,快来玩!"
我忽然记起
老子念了九千九百九十九
小子才会发音叫"爸爸"
于是我侧身聆听母亲的唠叨
如同幼时享受着她的拥抱

风中拍摄晨花有感

让光来裁减
让风来对焦
让心按下快门

眉宇间的思念

当荷花盛开
痛开始萌生
当梅雨初歇
泪忽然磅礴

您走了两年
在这个季节
思,依然尖锐
念,如影随形

我填报志愿
你写下:人各有志

我少年得志
你提醒:夹着尾巴

我兵败长春
你笑着:顺其自然

关节炎折磨
你眉头紧锁

孙儿们绕膝
你眉开眼笑

病床上吊着盐水
你淡然说着一个梦
你走进了一扇黑门
"这次走不出来了"

那扇门之后？
我联想高中的谈心
探讨真理命题
你说起了无穷大
说起宇宙的广袤
那一刻
我们眉宇轩辕

你走了
在这个季节

梅雨初歇
荷花盛开

2013 年 7 月 7 日

跋：先父忌日，于苏州出差。推开客房后门，映入眼帘是满湖的荷花,耳边是黑水鸡和乌鸦的鸣叫,一霎叹息弥漫,且泣,且吟,且啸。天地以万物为刍狗,我尤惜之,且人模狗样。

二上高峰禅寺

鹒莺跃竹枝,梵音静山廊。
层峦侵禅房,茶茗失蝉噪。
说来皆闲话,所悟有道理。
放下是自己,拿起惟善工。
中年肩负担,抽离借净土。
席间邢家女,恰恰如蝶飞。
自在近童憨,喜乐存简单。
霭霭天目山,依依不舍客。
余香留齿颊,白鹭见田间。

2013 年 7 月 28 日

后记:二上高峰禅寺,与大师论道,喝茶,闲话,读诗。此次上山,亦有邢家小女,年方八九,活泼可爱,席间恰如蝴蝶翻飞。大师宽宥,容我基督之徒,证存禅印,喜乐天地,贵在信心。嘻嘻,论经藏经阁,极目天目山。

灯影霓虹

乱云飞渡十年秋
把盏推心两鬓霜
灯影霓虹染钟声
又起城中好时光

小记：周二，与分别十载的宇宏君，小坐于外滩英格那酒店室外酒吧。浦江静流，乱云飞渡，而日暮钟声里，霓虹渐上，夜上海"酒不醉人人自醉"。

浮生雀跃

梧桐挂晓月
鹁鸽走晨露
浮生若雀跃
花枝颤未觉

中年读书偶得

年前得感悟
治学有三阶
我注六经繁
六经注我简
以经注经或有我
天地一蠹虫

2013 年 8 月 27 日

相遇

美人斜出
桂香已淡
亭亭水杉
赳赳伯劳
炎夏数面
不曾相语
我或为燕
相见屏息
倏忽雀跃
枝颤未觉
人生欢愉
逆旅归云
霜露凝白
夜鹭不见

后记：晨练，池塘边美人蕉开着，幽幽桂香中，又见到了那只伯劳，夏去秋来，数度相见。岁月感怀，人事云散。诗成，查典籍，"伯劳"可见于《左传－昭公十七年》，"伯赵氏，司至者也"。"伯赵"即伯劳，夏至鸣，冬至止，掌管夏至冬至。翻出筐中鸟影，立此存照，也是过了一夏。

黄喉

霜明晨曦
鸟鸣朝径
黄喉跃枝
孤客先闻
羽冠黄亮
斑翅褐栗
啧啧斜去
留我凝眸
红叶覆溪
风动秋思
万里迁徙
南国可抵
君为旅鸟
我亦行人
此风此树
年光流尽
或期来年
共此霞绮

2013年11月1日

小记：黄喉鹀，夏北冬南，于上海为迁徙寄客，喜独行。公园偶遇，秋光魅影，我为粉丝。今日秋雨渐深，于网上下载了鸟照一张，权作一个想念。

洗澡

前记：2011年6月末的一个傍晚，父亲坐在医院淋浴房的凳子上，我给他冲澡；回到家，小儿也是坐在浴缸里，我给他冲淋。几周后老父病逝。而此流水间的亲情和笑声弥漫，留存至今。行藏由我，不及太息。

稚子噗嗤
新草戏水
阿爸朗朗
老树迎雨
笑意涟涟
爱我从容
血脉流张
逝水若牵
时针已滞
小舟可系
执子之手
诚惶诚恐
恍恍轮回
汤汤如斯
人歌人哭

当行当止

2013 年 11 月 1 日

扬州行记

老树新宅土豪金
江山代有权贵出
且食干丝啖三丁
东关街上听评书

2013 年 12 月 1 日

忆香江

故人入我梦
白兰香犹存
人生无力处
且看云飞渡

小记：微信上有友晒香港中环白兰花。追忆香江旧事，只是故人渺渺，人生总有东风无力之时。

暮行

林疏鸟巢出,梅开暗香浮。
日暮湖光霭,霜重草色素。
岁寒不及悲,冷暖当自度。
击壤在心野,行藏皆悦途。

2013 年 12 月 20 日

小记:寒风逼仄,步有踟蹰,岁暮鬓白,然,时节有序,知悟行止于或然。

雾霾中的上海

不是江南的朦胧
乳白色的面容
仿佛喝了三聚氰胺的牛奶

街角
一树黄色的冬日银杏
失去了金色的笑容

我的城市
就像躺倒在路边的老人
没有人援手

上海
我的母亲
我能为你做些什么

游汪庄念师王政

林薄瘦岸堤
鸟过寒芦梢
东北雪漫淼
江南柳惆怅
大道如青天
故人独不出
富贵皆衣服
惟有情弥敦
白头说玄宗
相逢或一笑
萧爽临长风
欸乃浮桂棹

2014 年 1 月 18 日

春日采荠

采荠梅花下
观鸟春云间
风行树影乱
身轻不畏寒

2014年2月21日

小记：周末与家人在世纪公园观鸟赏花，花农喜稚子，于梅花树下采荠菜相送。晚餐我食三颗油面筋塞荠菜肉丸，大蔚与小儿食二。我戏问小儿，喜梅，喜荠菜焉？儿答，梅花好看，荠菜好吃，鲜。我接口对大蔚说，我或为荠菜，君或为梅花。此诗亦是感怀于时局。

雨中

疏雨曳碧波
白鹭寥翠空
稚手探新条
斜风收落红

2014 年 3 月 1 日

小记：小儿诵诗"好雨知时节，当春乃发生"，稚手探玉兰花苞。白鹭在柳冠的烟翠上飞过，而红梅萍寄于绿水。

题玉兰

玉兰着花未
一期得一会
和光皎若雪
娉婷微雨后

2014 年 3 月 16 日

小记：春雨之后，云树俱新，俯仰流年，花期勿失。一期一会是日本茶道用语，所谓"一期一会、难得一面、世当珍惜"。

我们微信我们遗忘

每一个瞬间的感观
我们试图拍摄
我们试图上传
仿佛在书上划线
表示我们已经阅读
我们标记着占有
表示我们正在生活

"鸟儿飞过
天空没有划痕"
园丁裁剪着
砍去枝枝蔓蔓
我们微信我们遗忘

2014年3月22日

又见黄喉

樟叶掩小径,
落樱迷鸟踪。
又见黄喉鹀,
细雨海棠红。

2014 年 4 月 3 日

小记:今天,细雨飘樱中听到几声鸟叫,沿着樟叶铺满的小径蹑行,河岸边,海棠树下,二月蓝的花丛中,有三只黄喉鹀。我拿着望远镜慢慢观察,忽然想起,去年 11 月,离此处相隔 200 米的木芙蓉的花丛里也观察到了三只黄喉鹀。是它们么?过了一冬,旅鸟北飞,途经此地。也是缘分,春又相见。且看且珍惜。

四月记雨

白鹭下晚樱
乌桕上落红
停心观涟漪
风雨人从容

2014 年 4 月 12 日

小记：人间四月，芳菲将尽，白鹭辫羽，正值繁殖。风雨既起，自当从容，且观涟漪。

入夏之二

蛛网空结水晶凉
柳絮停飞枇杷黄
稚子旋伞斜雨线
斑鸠声里湿流光

2014 年 5 月 18 日

小记：雨中，与家人携赏石榴花、枇杷果。几张蛛网吸引了我们，带水的蛛网水晶般晶莹剔透。其中一张蛛网的一角以两根丝线固着在花茎上，对风摇曳，我们惊叹于自然生命的伟力。小儿问，蜘蛛网可以使用多久啊？回家百度，一张蜘蛛网只供蜘蛛用一天，因为每天早上，由于生物钟的作用，蜘蛛就会吐出新的蜘蛛网。呵呵，阴晴随意，总有"一天可爱风物"（米芾诗句）。

小满随感

　　碧水柔蓝䴙䴘舞

　　撞胸情浓凤头绝

　　物致于此小盈满

　　人近天命知亏缺

2014年5月23日

小记：碧水柔蓝里的求偶炫舞

　　今天是小满后的第3天，自然界的阳气如同江南的湖泊般盈满。

　　清晨7点，南汇魔术林里看到了一只紫寿带妹妹和黑卷尾，一对正在树梢求爱的白头鹎，一只玩悬停的白鹡鸰。"天热了，该是迁徙季观鸟的最后一天了吧"。几个老鸟人嘀咕着，怀想着前几天还看到的紫寿带哥哥、虎纹伯劳、白眉鸫、大杜鹃、北灰鹟和白喉矶鸫等。

　　我驱车来到湿地自然保护区，湖水蓝蓝的，我一下子想起了昨晚念的王安石的诗句，"柔蓝一水萦花草"。拿着望远镜张望，看到了两只凤头䴙䴘求偶炫舞！显著的深色羽冠，颈修长，外形优雅。洽是繁殖期，颈背栗色，颈具鬃毛状饰。他们两相对视，"有位佳人在水一方"，向对方游去，身体高高挺起，互相点头，同时入潜，又同时出水撞胸，翩翩起舞。以前看鸟书,有的还会献上爱情的礼物——筑巢用的水草,"投桃报李"。

观毕,心满意足地工作。

古语:"四月中,小满者,物致于此小得盈满。"我年已四十七,渐近天命之年,或知天命者,知盈满,明亏缺。于是小吟一首,也是小满之节的一声叹气。

舟行中流

中年意绪
花狂草长
平生心事
月失静夜

逆旅倦客
风尘几何
幸有疏狂
欢痴如歌

当尽意求索
直拼却余身
天涯等闲

想老来痴呆
可言说今日
舟行中流

2014年4月20日

小记：生日到了，又添一岁，胡诌几句，聊以抒怀，重抖精神。

内心节奏

静立如樱

一树静立的樱
风也走不进的风景
虽然笑意像水
挂在你明净的脸上

于是我也爱你的矜持
（分明听见你心，风铃如琴）
于是我也学会了等待
等待林中那双如漆的眼睛

我看见了星星
在黑压压的人群
星星，可曾看见了我

1989 年于复旦

如果你爱我

如果你爱我
你可会爱我的灵魂——
高楼间独行夜空的那轮月

蓝色的天宇下
凝眸只有你
人海中我的美人鱼

如果你爱我
如果你爱我的灵魂
有一天,你温柔的长发
可会埋藏我张惶的双眼——
那惊怯的鸟渴望森林

如果你爱我
请你看着我的眼
告诉我
你爱我的灵魂

夜半

不知是召唤
还是叹息
梦中的身影
那么近
就在抬头处的云端
那么远
我却没有翅膀

不知是召唤
还是叹息
梦中的身影
是理性,还是女性?

夜半,我惊惧坐起
一头白色的小鹿
黑漉漉的丛林到处是暧昧的逼视
月亮也没有蓝色的光环

　　附:对未来,我毫无把握。某种伟大的神圣的,某种令人哭泣,令人激奋的真哭真笑,令人沉醉的东西,是那么遥远,我却不能真正把握;我只是一次又一次地感受人性中的软弱和息情,我只有在内心深处为自己哭泣。

你要走

你要走

我没有一无所有的骄傲
来留下你带泪的双眸
虽然那也是红红的玫瑰
我只有商隐的羞愁
为你芭蕉不展的海棠花瘦
为我室贫如洗的东风无力

什么是自由
天路历程的荒原上
只有石头和蜃楼
我从不要你
把我背上的十字
当作你青春的路标

一点的相知
是一路的相思

夜行的萨克

夜深人静
二十二岁的整个身心
吹奏我抑郁的萨克
只愿给你听
不是因为优美
如潮的人海
软弱的背
只愿交给爱情
虽然在白昼
如海的人潮
我是嘹亮自信的小号

就像飘漾着红红葡萄酒的
你的眸
到了夜间
可也会流泄相同的
萨克的魂

爱人
就让我萨克的魂攀缘萦绕
你温柔的长发

就让你的泪
回家,归到
我坦白的心海

你可愿
可愿聆听
这蹒跚夜行的萨克

黑暗中你的回眸

　　黑暗中你的回眸
　　是炉膛舔出的火舌
　　红艳是玫瑰的花瓣

在一个随手关门的情感世界

在一个随手关门的情感世界
我寻找
属于自己的女孩

在一个天堂有路的新闻时代
我寻找
属于宇宙的永恒

那是我生命的双轮

我们曾约定了一个地方

化装舞会
很多人在我们身旁流淌
他们去参加一个化装舞会
我的身旁流淌过很多人
你也参加那个化装舞会
流淌着,和很多人
我也去参加化装舞会

为了怕不认识对方
你和我曾约定了一个地方
可现在是我忘了
还是你忘了
或许你曾经来过
或许姗姗未至

我站在那个我们曾约定的地方
在流淌的人群里我看不到你
我放下了面具
在化装舞会上
他们说我换了副面具
好漂亮,像真的一样

人群在我身旁流淌
化装舞会上
我站在我们曾约定的地方

某一种遗憾

撕碎的纸屑,纷扬如雪,
我又找到了那份飞翔的感觉
——流畅的,曾经你长发的线条
——后来,却掠起了波涛
你挽着你的卷发,
就像欣赏自己舞步划出的弧线

我的眼里却闪现
根迎合大地的扭曲
在灰烬的火星中
我看到了当初闪在你明眸的星光
我才知道某一种遗憾
某种神秘就是那点星
我一直在跟着星走

也许是一种遗憾
有的,跟着明星走
有的,跟着恒星走
也许我们短暂得都只是流星

灵魂

有一天,我来到海边

远远地,看见一个男孩在打飘
我那不安分的灵魂也渴望着投掷
但没有这随波逐流的艳羡
我惧怕永远的沉沦

天边,一只海鸟在盘旋
长空中划着优美的弧线
我的灵魂也向往着相同的轨迹
——自由而完美
但我只有礁岩的沉重

我回到都市
驻足在流动的人海
心却在胸膛的桎梏
我只有高昂起头颅
就像举着我的灵魂
好听见天空的某种召唤
就像聆听大海的涛声
那低沉而永恒的声音

那是什么?
是自由、爱情和我深爱的祖国
光辉从天空流泄
洋溢在我的脸上
就像白帆上缀着金芒
我回到城市的人海

       1990年夏

想对你说的话

在这酒气弥散的小屋
很闷
却握不到你的手
叹一口气
心却不是凌空的气球
只有沉重
于是抽一支烟
品我最自由的爱情
——望不到你的影
唯一的,只能想你
你好奇的眼睛
张望着流动的世界
没有一次走进我的眼睛
——你总以为是陷阱

令人着迷的变化
就像黑夜水上耀动的霓虹
而我却坐在
这酒气弥散的小屋
这么多的年轻人
却只有和这黑夜一样浓重的怀疑

浓重而冰寂
和报纸的承诺一样让我怀疑

明天
终归是我们的
可到了明天,
我们还是我们?
明天
属于今天的我们?

哔卜的火苗里
跳现着你的双眸
渴望拯救世界的人
却渴望一个女人的拯救
怀疑世界
怀疑别人
怀疑自己
怀疑怀疑

承诺和怀疑
浓重而冰寂
我擦去玻璃上的雾气
还好,这小屋还有窗
当然,这小屋也有门

1990 年春夏之交

城市印象

车厢的天窗

透过车厢的天窗
一方青色的天
黑色电线分割的脸

一群人,等待在车站上

一群人
等待在车站上
天空多么辽阔
我们却没有翅膀
如果我们有了翅膀
黑云蔽空
我们将失去唯一的辽阔

每一个春寒的早晨

每一个春寒的早晨
颤若花枝的少女走向阳台
在风度和温度之间选择着组合

读报的人,一天就是一个世纪
不看新闻的,一个世纪也就是一天

有时候,对于那些不下树的猿
我有一种羡慕:
他们不用说话

不死之城——如果上帝也有眼泪

没有凋谢的花,诸神青春如同长绿的树,上帝在云中俯瞰众生。

天国规则的生活中只有风偶尔吹拂着帷幕。

腻了的某神在上帝面前献计,赐予那山谷中的人们不死。

不死城中的人们奔走相告,欢乐无比。200年过去了,人们开始烦腻各自的生活。于是国王与乞丐交换角色,铁匠与农夫交换工具。500年过去了,城中的人们扮尽了所有的角色,语言的城墙砌了起来,推倒,再砌,再推倒——1000年过去了,永远存活的人没有了眼泪,也就没有了微笑。

忽然有人从历史故卷中发现死亡一词,玩味而不解。全城的人都奔走相告这一发现。有的跳楼,有的屏息,有的关在黑暗的洞穴中——人们追求着死亡。

上帝在云中看到人们追求死亡的怪诞行径,大怒。更有其他神侧身而疑,不死之山谷中的芸芸众生与长生不老的天国众神有何相异?

上帝再次降临死亡到山谷。献计的那个神被罚投胎凡间,是为哲学家,死亡为其守护神。

山谷中再次升起炊烟,送殡的队伍奏着哀乐,而隔壁邻家却传来婴孩的啼哭,于是人们哭泣、微笑、生活、死亡。一切真实而美好。

小记:因为认知死亡,所以我们才知道时间,才有稀缺,才有价值。

大海中的一只苍蝇

大海中有一条船。船上有一只苍蝇,每天的生活逍遥自在,饿了到厨房,困了到客房,有时比水手还舒适:那些饥饿的眼睛只能盯着女乘客,他却自在地飞到她们身上,叮在水手眼睛的焦点上。

有一天,他在船舷边晒太阳。忽然,一阵风把他刮离了轮船。无边的海洋上,他感到恐惧。挣扎着,飞翔着,终于回到船上。他精疲力竭地躺到了船舱里。

生活依旧悠闲而规律,直至有一天感觉"腻"。他忽然想起那一次历险,恐惧但充满刺激。他尝试着在船尾进行着飞离的游戏。第一次,是一米,他胆战地快速返回。第二次,是五米,第三次,……第四次……每天他越飞越远。每一次距离的拉长,都使他感到快感。他感受着翅翼、全身每一吋肌肉和器官的所有潜在的力量和配合。他准确地计算着风、距离和自己的能力,他控制着恐惧和欲望的平衡。每一次当他踏在坚实的船舷时,他清楚地知道飞得越远,诱惑越大,危险与成就感同时增长。

终于,有一次风速与风向突然变化,他的翅翼快要碰到轮船,但身体已经开始下坠。苍蝇坠到海里,没有溅起一丝浪花。

大海中,曾经有过一只苍蝇。

抄录的故事

比里当的驴面对两堆同样称心如意的草堆。据假定由于只能选择其中之一,因而迟迟不作决定乃至饿死。

我们有时恐惧选择,恐惧契约性选择后的责任,一种定格,几乎没有变化的稳定。

我们有时喜欢美学性选择。轻松地移换角色,感受但不放弃出局的权利。

选择和机会成本。

LIVING QUALITY KEEPPACE WITH THE AGE, THINKING QUALITY AHEAD OF THE TIME.

玻璃瓶里的蝴蝶

　　有一只蝴蝶被关在玻璃瓶里。狭小的空间里她只能稍稍扑展一下五彩的翅膀。瓶子外面花草繁盛,还有小鸟啁啾。她羡慕瓶子外面的世界。

　　终于瓶盖打开,她快乐地在花草上飞翔,大口呼吸着空气,和小鸟嬉戏。她在空中转圈,快速或者缓慢地滑翔。

　　她看到远处的大树,流水和淡淡的山峦,但飞行中她撞到了玻璃:她在一个暖房里。

　　她开始寻找窗和门。她不再和暖房里的花草和小鸟嬉戏,生活只是为了寻找外面的世界。

　　暖房外的世界里,有一些人也在寻找,更精彩的外面的世界。

致心目中的一个英雄

原野炫目似的倒退
地平线
一个男人奔跑着
落日在肩头燃烧

奔跑
逆向着潮涌的人群
沉郁就像身上的黑纱
抬着一只硕大的棺材
他们走着,践踏着脚下花草
又把这一切生命扔进棺材
他们走着,留下光秃秃的大地
最后要埋葬垂死的落日

总有报丧的乌鸦
将企盼苍天的眸子引向黑纱
而那个男人奔跑着
迈向潮涌的抬棺者
他微笑着
——任沉郁的阴影迎面扑盖
那个男人

要抱回后羿射落的太阳
——那另外八个太阳
挥动的双臂依稀让人想起夸父
他挺着胸
背上迎受着抬棺者如雨的回视
——后羿承继者的弓箭

他紧握着拳
奔跑在原野上
相信自己
相信一个遥远的神话

他奔跑着
走入黑夜
潮涌的抬棺者和死去的太阳
相继进入那硕大的棺材
他们还会醒来么?
那男人心里默默想着
脚步却不停息。

深远的星空下
一个人
麻衣如雪
无声的叹息
是月下狼的长嗥
脚下的行星

也像是一只绿色的眼睛
在宇宙中孤独张望

旷野
——给我们这一代思想者

天上的云,无家的羊
地上的羊,鞭下的云
风飘漫在旷野上
旷野飘漫着永远的叹息:
我们一无所是
我们曾飘然无依
我们永将彷徨独立?

站在每一个白昼的山冈
他们哄笑如唱:
我怀疑,我怀疑……
挟着黑夜的冷笑,追逐的回响
却是凄厉的惊惧:
怀疑我,怀疑我……
白昼连着黑夜,黑夜连着白昼
在无边的旷野
永远放逐是无归的灵魂

他们来自何方
他们的先祖来自红太阳升起的地方

曾经喷涌而出，是火红的太阳
曾经放浪奔洒，是火红的岩浆
曾经一个火红
火红的世界

冷酷的现实，冻结了岩浆的激情
红太阳却成了嗜血的神祇
异教徒的血再次染红了大地
惊骇惨白的脸
滚动在崎岖的山峦
暴肆中天却是黑色的太阳
地狱的恐惧溢漫天堂的向往

他们来自何方
他们的先祖来自红太阳升起的地方

他们将去何方

没有先祖张狂的豪迈：
自己的年代继往开来
他们承继所有的怀疑：
一个小时代误解了大时代

他们将去何方

刺亮亮的太阳

垂死在白森森的天空
旷野里耸立着森林般的墓碑
　　——是所有的丰碑和所有的里程碑
　　——新生的思想过不了明天就会憔悴
飞流的挽歌里
憔悴还有自恋的水仙
　　——那些诡异妩媚的黄花
　　啜泣伴随是同样脆弱的灵魂

他们是
……
……
海水淹没了森林
太阳依旧升起
会有人想起
很久很久以前的那片旷野

什么是我的灵魂
什么是世界的灵魂

1986 年初稿,1989 年修改

生命的影子

可怜自己,没有人海的倒影
像一枝黄色的水仙,爱着自己
悄悄比照脸庞
摇曳在历史的长河边
迭现着远古的一个英雄
透过弥漫着少女泪水的眼眶
历史也是那么浪漫
就像一条雾气缭绕的河

就像一条雾气缭绕的河
历史也是那么浪漫
迭现着远古的一个英雄
摇曳在历史的长河边
悄悄比照脸庞
像一枝黄色的水仙,爱着自己
可怜自己,没有人海的倒影

城堡

一座神秘的城堡
没有一次抉择的门槛
推开一扇门
还有下一扇的诱惑
扣动门板的回音是雨天里
爸爸们说的一个故事:

"从前有一座山
山上有一座庙
庙里有一个老和尚
还有一个小和尚
有一天,山里下起了雨
小和尚想听故事
老和尚就讲

从前有一座山
山上有一座庙
庙里有一个老和尚
还有一个小和尚
有一天,山里下起了雨
……"

于是你笑了
花枝颤动
颤动的还有我的双臂,
笨拙地捕捉着你笑:
要用渔夫的网
盛装蓝色的海水
你轻盈走出我的视网
而我茫然举着的手臂
却成了另一个人的路标
那么多的门,那么多的拐角

童话里的宫殿只有一扇门
孩子和好人,都能进去
美丽的公主啊
我不是一个小孩
可我也不是坏人
你说,你不是公主
可我也不是好人

我是谁
有时候,我也忘记了
我从哪一扇门进来
又为了什么
在这神秘的城堡

一条长长的回廊
我该走向哪一扇门
推还是敲

       1990年春夏之交

意义

　　我们不是为了意义而生活,不是为了总结而生活。生命是一种历时的体验,秒针不是为时针而走。旅游不仅仅为了拍照留念。

水晶球上的足尖

可以延续,可以截断

在命运的水晶球上
当下如红舞鞋下的足尖
几无立锥之地

进退推敲之间
掩过半扇门户
高崖悬流戛然而止

我去了,我来了
如保龄轰然炸地
如鲜啤悄然溢出
可以透过漏窗
可以仰望星宇

来去,一念之间?
勇气与毅力——
一念之间,来去。

没有翅膀的飞翔

注定要有一次飞翔
没有翅膀的飞翔

我努力攀登
登上最高的山峰
想和星星做一次畅谈
还想,还想拥抱月亮
最后纵身一跳,
为了注定的
没有翅膀的飞翔
——自由

我们知道了我们

爱情
是眼睛和星星的距离?
虽然每一个夜晚
在同一个星宇下
我们
都不曾放弃一种凝眸
期待着一种相遇
刻骨铭心的相遇

或许我曾经觉得
自己已经老了
像一棵青松
有生命也有热情
在春天的季节
却只有严冬里的颜色
——在无颜的季节
青色,曾经是我年轻的傲笑

而你呢,或许曾经
想用眼泪
灌溉你的玫瑰

却总隔了橱窗的玻璃
轻轻的叹息
就像你长长的青丝
浓浓密密
就像冬天里呵出的暖气
——你天真地温暖着这世界

也就是那么简单的某一夜
没有下雨
也没有太多月光
简简单单的你
从商街霓虹里走来
简简单单的我
从小巷路灯下过去
简简单单的相遇
瞬间
在我的眼里
在你的眸中
星光灿烂
忽然
我们相信
我们以前都沉浸在长长的黑暗
忽然
我们知道了我们
知道了
我们的爱情并不简简单单

依偎在我的胸前
你要使我年轻
有一种浪漫的心情
我忽然相信自己
会使你成为自信的公主
——相信书中每一个精致的梦幻
我要刮去我的胡子
因为我怕扎了你的温柔

我们相遇了
我们知道了我们
还有我们的爱情

因为你，世界已经变得稳定

漫步在江边
海关的钟声响了
你微微摆着头
那散失的钟声
和平鸽的弧
牵引着圆润的下颌
你眼睛好像看见了那声音

在你的眼睛里
我也听到了轮渡的汽笛
还有那轻拍的水涛
她们总是召唤起一种情感：
一种遥远的慰藉
却是那么亲切：
在一个不是节日的日子里
信箱里躺着一个老友的信

波心回闪出我的身影
红唇边泯出一丝笑意
就像篝火上哔卜跳起的火星
你轻轻,轻轻靠在我的胸前

一切都是那么安宁
我忽然想起未来的新居
那厨房应该挂起橘红的灯盏
就像夕阳下的天边：
因为你的爱情
世界已经变得稳定

1992年

我看见一道彩虹

我看见一道彩虹
在蓝色的海洋上
于是
山峦和高楼淡出
于是
人群和车流潮退

宽大的玻璃幕墙上
海水的折光沸腾
犹如燃烧的火焰

我,屏息凝望
那一道彩虹
在生命中途

你使我完整

踩着时钟般步伐的人群里，
我止步

遇到你
才知道生命中应该拒绝"随意接受"

你让我准备知道
我需要什么

沿着我三十岁的心路，
沿着生命之树的年轮盘旋，
你在我二十岁的结点
激发出又一个自然的枝叉
翠绿满枝
充盈喜悦和渴望

你使我完整

张望

你张望的眼神
是落在池塘的花瓣
惊起涟漪
街头灼烫的目光掌声般
肆意围绕着你
那是楼梯上纷乱的脚步

我请你
把门虚掩

也许应该是漫天的火焰
抚响你万千风琴
也许应该是一街的繁灯
摇动你花枝颤笑

而我此时的眼
是扑朔的烛光
隐现你羞涩的飞红

我们只是有些疲倦

我们不止一次被自己感动
而现在,我们心中的旗帜
似乎只是遥远的回忆
一件干硬的棉衣
越旧越冷

我们还能哭泣么?

我想
我们只是有些疲倦
——战士的疲倦

我想
我们只是有些孤独
——战士的孤独

我好像又听到
那些豪阔的大笑

黑夜也在颤动

2000年,于香港

小记:我们质问世界的声音,开始变得软弱,因为质问自己而变得虚弱。还好,我们不曾把质问作为职业,我们并不是无病呻吟。

致一位朋友

如果你放弃了某一种追求
你不要告诉我
好让我不觉得孤独
总觉得远方也有那么一棵树

我们那么年轻
荣耀的树冠尚不能相望
相握的手却是
黑暗中潜行的根

西风呼啸的荒原上
落日熊熊燃烧
你迎向天空

电闪如弓的苍穹下
暴雨箭矢急奔
你迎向天空

迎向天空
一切都只能使我们更坚强

迎向天空
总有一天
我们将临盼大地
在蔚蓝的天空下
舒展开怀
自由的

图书在版编目（CIP）数据

内心节奏/顾继东著.-上海：上海文艺出版社.2015.4
ISBN 978-7-5321-5685-6
Ⅰ.①内… Ⅱ.①顾… Ⅲ.①诗集-中国-当代
Ⅳ.①I227
中国版本图书馆 CIP 数据核字（2015）第 065052 号

责任编辑：徐如麒
封面设计：钱　祯

内心节奏
顾继东　著
上海世纪出版集团
上海文艺出版社　出版
200020 上海绍兴路 74 号
上海世纪出版股份有限公司发行中心发行
200001 上海福建中路 193 号 www.ewen.cc
上海鸿建印务有限公司印刷
开本 850×1168　1/32　印张 5.625　插页 2　字数 120,000
2015 年 4 月第 1 版　2015 年 4 月第 1 次印刷
ISBN 978-7-5321-5685-6/I・4529　定价：27.00 元

告读者　如发现本书有质量问题请与印刷厂质量科联系
T：021-59241533